Analyse de l'œuvre

Par Justine Aerts

Et que ne durent que les moments doux

Virginie Grimaldi

lePetitLittéraire.fr

Et que ne durent que les moments doux

Virginie Grimaldi

Rendez-vous sur lepetitlitteraire.fr et découvrez :

Plus de 1200 analyses
Claires et synthétiques
Téléchargeables en 30 secondes
À imprimer chez soi

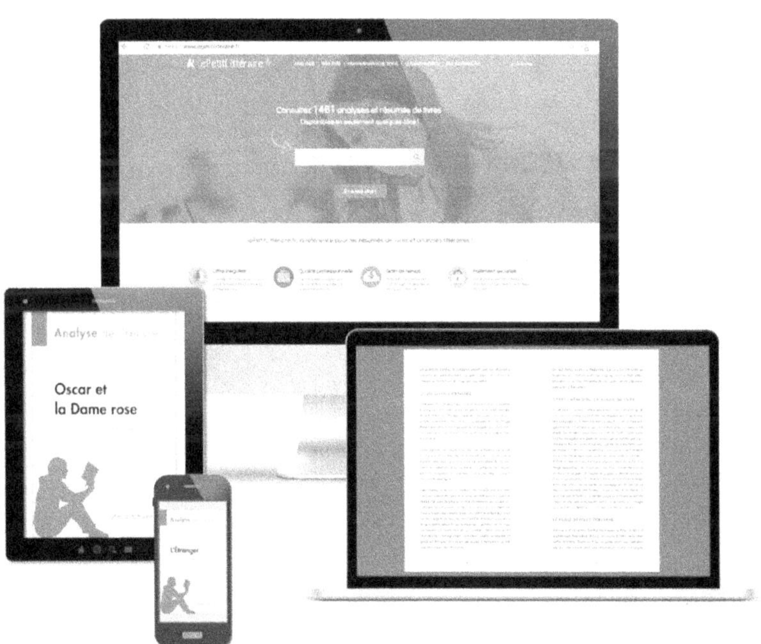

ET QUE NE DURENT QUE LES MOMENTS DOUX

UN ROMAN THÉRAPEUTIQUE

- **Genre :** Roman feel-good
- **Édition de référence :** *Et que ne durent que les moments doux*, Paris, Fayard, 2020.
- **1re édition :** 2020
- **Thématiques :** maternité, souvenirs, nostalgie, temps qui passe, rencontres.

Et que ne durent que les moments doux rassemble deux histoires, celles de deux mamans : l'une apprend tout juste à le devenir, l'autre apprend à ne plus l'être à temps plein. Cette histoire d'amour entre une mère et ses enfants n'était pas prévue. Enceinte d'un petit garçon, Virginie Grimaldi avait décidé de faire une pause dans sa carrière pour profiter tranquillement de ces moments de vie uniques. Cependant, les choses ne se sont pas passées comme prévu. Cette histoire s'est imposée à elle dans un box de réanimation néonatale : son fils, hospitalisé, n'était maintenu en vie que par des machines. Pour échapper à cette réalité terrifiante, Virginie Grimaldi s'est plongée dans la rédaction de son roman. Avec ce livre, elle aborde le thème de la maternité depuis sa propre expérience. Comme à son habitude, elle y aborde des thèmes touchants à travers « l'histoire universelle de ces moments qui font basculer la vie » (Grimaldi 2020 : quatrième de couverture).

VIRGINIE GRIMALDI

L'AUTEURE LA PLUS LUE EN FRANCE

- **Née en 1977 à Bordeaux**
- **Quelques-unes de ses œuvres :**
  - *Le premier jour du reste de ma vie* (2015), roman
  - *Il est grand temps de rallumer les étoiles* (2018), roman
  - *Quand nos souvenirs viendront danser* (2019), roman

Virginie Grimaldi est née en 1977 à Bordeaux. Écrivaine contemporaine surfant sur la vague populaire de la chick lit – une littérature écrite par des femmes pour les femmes – et des romans feel good – des romans qui font du bien –, ses ouvrages figurent parmi les plus grands bestsellers français. En 2019 et en 2020, elle est la romancière française la plus lue du pays. Virginie Grimaldi tombe amoureuse de l'écriture en lisant les carnets de poèmes de sa grand-mère alors qu'elle n'est qu'une enfant. À l'école, elle poursuit cette passion et gagne notamment un concours de nouvelles. En 2009, elle crée un blog intitulé *Femme Sweet Femme*, sur lequel elle rédige des articles traitant de la vie quotidienne. Poussée par ses proches convaincus de son talent, elle publie en 2015 son premier roman, intitulé *Le premier jour du reste de ma vie*. Depuis, elle a publié sept autres romans, tous des bestsellers traduits dans une vingtaine de langues. Elle doit notamment sa popularité à sa plume poétique et sensible qui crée des personnages attachants auxquels les lecteurs peuvent facilement s'identifier.

RÉSUMÉ

ENTRE LA VIE ET LA MORT

Enceinte de sept mois, Lili doit se faire opérer pour une césarienne d'urgence. C'est trop tôt : elle devient mère avant d'être prête. Ce n'est pas comme cela qu'elle avait imaginé sa première rencontre avec sa fille. Lili a du mal à faire le lien entre le bébé qui, jusqu'il y a quelques minutes encore, vivait dans son ventre et celui qui a été emmené dans le service de réanimation néonatale et qui se bat pour vivre.

Placé dans une couveuse et sous aide respiratoire, le bébé de Lili n'a pas les poumons assez développés. Lili voudrait qu'on lui promette que sa fille va vivre, mais personne ne peut le garantir. Pour donner de la force à sa fille nourrie à la sonde gastrique, la jeune maman tire son lait. C'est une façon pour elle de pardonner à son corps de ne pas avoir su la protéger avant.

Les journées et les nuits à l'hôpital sont dures. À cran, elle se dispute avec son compagnon, lui reprochant de savoir dormir quand elle n'y arrive pas. Comme ça lui est déjà arrivé par le passé, notamment lors du décès de sa mère, Lili se réfugie dans la colère, cette émotion joker qui permet d'englober toutes les autres.

Elle n'a envie de voir personne, mais les visites familiales sont conseillées pour le bébé. Le papa de Lili arrive en premier, elle est émue de le voir avec sa fille. Ensuite vient la marraine du bébé, sa meilleure amie depuis le CP.

Les visites s'enchainent avec les beaux-parents. Alors que Lili raccompagne son amie, elle entend depuis le couloir sa belle-mère l'accuser d'être responsable de la prématurité du bébé parce qu'elle n'a pas voulu arrêter de travailler. Son compagnon ne la défend pas, ce qui augmente son sentiment de culpabilité.

Les journées passent en néonatalogie. Lili et son compagnon sursautent à chaque alarme, tressaillent à chaque hurlement de douleur des parents dans le couloir et soufflent de soulagement à chaque fois qu'il s'agit de quelqu'un d'autre que leur fille. Le médecin responsable du service passe dans leur chambre et apporte quelques éclaircissements : leur fille, Charline, souffre d'une pathologie connue qu'ils savent bien traiter, même si cela prendra du temps. Lili éclate en sanglots de soulagement dans les bras de son compagnon : leur fille va vivre.

PROGRÈS ET NOUVELLES RENCONTRES

Si l'état psychologique de Lili reste fragile, sa santé physique s'améliore et elle peut rentrer chez elle. Elle n'en a pas envie, les trois étages qui séparent sa chambre d'hôpital de celle de sa fille sont déjà trop importants. Avant de rentrer chez eux, son compagnon la demande en mariage.

Lorsqu'elle quitte l'hôpital, Lili se sent vide : elle n'a plus son bébé dans son ventre, mais ne l'a pas non plus dans les bras. Tous les jours, elle se rend à l'hôpital dès l'aube et le quitte le plus tard possible. Pour se reposer, elle passe du temps dans la salle des familles. Un jour, un papa arrive désemparé et raconte son histoire à Lili et à deux autres mamans. Une nouvelle amitié s'établit entre les parents présents dans la salle des familles (le papa de Milo, la maman de Clément, la maman des triplés et Lili, la maman de Charline) : ils se confient, se soutiennent les uns les autres dans leur épreuve commune. Le déjeuner ensemble devient un rituel.

Charline n'a plus besoin d'oxygène. Les bonnes nouvelles s'enchainent et Lili s'autorise enfin à se projeter dans l'avenir avec sa fille.

FRICTIONS FAMILIALES

La psychologue demande au papa comment il se sent. Il confie pour la première fois se sentir délaissé par sa compagne, qui ne pense plus qu'à la néonatalogie alors que la vie continue en dehors. Ils se font des reproches mutuels et il part fâché.

Le jour de l'anniversaire de sa mère, Lili rend visite à son papa. La jeune maman arrive plus tard à l'hôpital et n'est surprise qu'à moitié lorsqu'elle voit que sa belle-mère a profité de son absence pour venir rendre visite à sa petite-fille. Depuis le couloir, Lili l'entend critiquer sa façon de faire.

Chez Lili, les beaux-parents se sont approprié les lieux depuis la naissance de Charline : la belle-mère fait à souper, le ménage, arrange la maison comme bon lui semble. Cela agace Lili, mais elle ne dit rien. Un soir, Lili et son compagnon rentrent à la maison plus tard que prévu et se font gronder par les beaux-parents, car ils ne les avaient pas prévenus de leur absence. Le compagnon de Lili s'écrase, voulant éviter la dispute. La fois suivante, cela va trop loin : la belle-mère de Lili critique sa maman, qui s'est suicidée. Son compagnon chasse ses parents de la maison. Les rencontres suivantes sont cependant cordiales, comme s'il ne s'était rien passé.

AU REVOIR

La fille de Lili sait à présent téter, même si elle a encore besoin de la sonde gastrique pour être alimentée totalement. Les résultats de l'IRM de Milo sont encourageants, Clément dort plus facilement, et deux des triplés vont pouvoir rentrer chez eux, le troisième suivra prochainement. Pour fêter ces bonnes nouvelles, les parents font une petite fête : tajine, biscuit, rire... Lili se rend compte des amitiés qui se sont créées autour du chagrin.

Lili va être transférée avec sa fille dans une des trois chambres individuelles du service. Elle pourra passer à l'étape de l'allaitement autonome pour permettre à la petite de prendre du poids avant de pouvoir quitter l'hôpital. Des émotions contradictoires s'emparent de Lili, à la fois heureuse et effrayée. Bientôt, ce sera le grand saut.

Les parents de Milo, des triplés et de Clément font une surprise à Lili dans la salle des familles pour son départ. L'émotion est présente à l'heure des « au revoir ». Les parents de la salle des familles resteront amis pour toujours, se donnant rendez-vous une fois par an à la même date sur le banc devant la maternité.

Lili écrit les dernières phrases sur le carnet jaune où elle se confie à sa fille depuis sa naissance. Elle ne lui fera sans doute jamais lire : elle a écrit cela pour elle, pour consigner leurs premiers instants.

MAMAN À LA RETRAITE

23 ans plus tard, Élise, que plus personne n'appelle Lili, se retrouve seule lorsque son fils, Thomas, emménage à Paris pour ses études. Charline, quant à elle, travaille et habite à Londres avec son petit-ami. Alors qu'elle quitte Paris et parcourt les 600 kilomètres qui la séparent à présent de son fils cadet, Élise appréhende de rentrer pour la première fois dans son appartement vide. Elle a toujours eu peur du moment où ses enfants quitteraient la maison, mais elle se disait qu'elle avait le temps.

SOLITUDE ET NOUVEAUX HOBBIES

Le lundi matin, Élise est soulagée lorsqu'elle arrive au boulot : elle quitte enfin le vide de son appartement. Sa jeune collègue Nora l'encourage à la rejoindre le mardi soir à son cours de danse africaine. Élise hésite, mais finit par accepter. Le premier cours est difficile à suivre : elle n'a plus 20 ans. À la fin du cours, la prof de danse, Mariam, explique que l'association « Petits pas » cherche des bénévoles pour s'occuper de câliner des nouveau-nés hospitalisés.

Quand Élise rentre chez elle, le vide prend tout l'espace. Il ne reste que le chien de Thomas, qu'il a refusé de prendre avec lui. Depuis le départ de son maitre, le chien, Édouard, est dépressif et Élise n'a pas le courage de s'occuper de ses états d'âme alors qu'elle a déjà du mal à gérer les siens.

Le chien fait du vacarme quand Élise le laisse seul à l'appartement et elle se voit obligée de le prendre avec elle au bureau. Dans le parc, le chien semble aller mieux grâce à la compagnie des autres chiens. Elise se rend compte qu'Édouard est plus sociable qu'elle et décide de tenter de se familiariser plus avec les personnes qui l'entourent. La situation avec le chien se complique cependant : il détruit beaucoup de choses à la maison et n'est pas le bienvenu au bureau. Thomas trouve une famille pour le récupérer et Élise, malgré un gros pincement au cœur, se dit qu'il y sera plus heureux.

Elle décide de se rendre à la séance d'information pour devenir calineuse. Malgré les doutes et la peur que ce soit trop dur psychologiquement – une peur qui provient de sa propre expérience, même si le lecteur ne le sait pas encore à ce moment-là – Élise se lance dans l'aventure, avec la volonté de se sentir utile. Chaque semaine, elle se rend au service de néonatalogie, où elle est submergée d'émotions, mais se sent à sa place.

S'ACCORDER DU TEMPS POUR SOI

Au fil du temps, Élise apprend à s'accorder de plus en plus de temps pour elle et s'ouvre aux autres. À la maternité, elle se lie d'amitié avec Jean-Louis, un autre bénévole. Après son cours de danse, elle passe du temps avec Nora et Mariam.

Arrive l'anniversaire d'Élise. Sa journée est banale : quelques coups de téléphone et messages, mais rien de plus. Le lendemain, elle se fait tirer du lit pendant sa sieste par un appel de Nora, qui lui demande en urgence de venir la chercher. À son retour, Élise découvre l'appartement rempli de ses amis et sa famille. Ses enfants lui offrent un voyage à Venise. Le lendemain, son appartement est à nouveau vide. Elle a peur que la solitude et la nostalgie ne refassent surface, mais le bonheur que lui a procuré le temps passé avec ses enfants et ses amis les a supplantées.

Alors qu'elle prépare les affaires du chien, Élise se rappelle le traumatisme que c'était pour Édouard de s'habituer à la nouvelle famille quand il est venu vivre avec eux. Elle se rend compte alors que changer de famille ne le rendra pas forcément plus heureux. Elle s'est finalement attachée à lui depuis qu'elle s'en occupe et décide de le garder, malgré les inconvénients. Elle téléphone à la famille supposée l'adopter et lui propose de récupérer le chien de sa vieille voisine partie en maison de retraite à la place.

Élise s'apprête maintenant à faire le grand saut : partir seule en voyage. Elle est terrifiée et pense à annuler plusieurs fois, mais s'envole finalement pour Venise. Arrivée sur place, le gloussement des couples et le rire des groupes d'amis font enfler son sentiment de solitude. Elle décide de rentrer dès le lendemain. Cependant, elle découvre petit à petit la ville et l'envie de fuir s'estompe. Elle profite du temps qu'elle a pour elle. C'est sa quête à présent : elle ne cherche pas l'amour, comme beaucoup, elle cherche à se rencontrer elle-même.

LA FIN D'UN CHAPITRE, LE DÉBUT D'UNE NOUVELLE HISTOIRE

Thomas appelle sa maman, car il se sent seul. Élise décide de prendre son ordinateur et de faire un appel vidéo pendant qu'ils dinent tous les deux de leur côté. Elise se rend alors compte que l'éloignement a un point positif : chaque moment passé ensemble est plus savoureux. Rien n'a réellement changé. Même si Charline et Thomas sont grands, elle sera toujours leur maman.

À l'hôpital, la puéricultrice Florence se confie à elle. Pour la première fois, elles s'avouent se reconnaitre l'une l'autre : Élise est une maman que la puéricultrice a connue à une autre époque, alors que tout le monde l'appelait par son diminutif Lili.

Élise termine sa lecture du moment : le carnet jaune resté enfermé dans une boite pendant 23 ans, celui où elle a écrit son histoire à Charline, sans jamais lui faire lire. Pourtant, elle y découvre un petit mot signé de la main de sa fille, qui la remercie pour tout cet amour et lui dit qu'il est temps de penser à présent à elle. Même si elle restera toujours maman, une page se tourne, une nouvelle histoire commence. Quelque temps avant cela, lors d'une visite à Bordeaux, Charline confie à sa mère ce que celle-ci avait déjà deviné : l'ancienne petite fille prématurée va devenir maman à son tour.

ÉTUDE DES PERSONNAGES

LILI/ÉLISE

La particularité de *Et que ne durent que les moments doux* est que les deux narratrices du roman sont une seule et même personne. Pourtant, jusqu'à la fin du récit, le livre les présente comme deux personnages différents.

Lili est une jeune femme de 27 ans qui devient maman d'une petite fille née prématurément. Plus jeune, Lili a un tempérament plutôt calme. Elle a tendance à agir avant de réfléchir, car anticiper un évènement tragique ne l'empêche pas d'arriver. Dès la naissance de sa fille, l'angoisse l'envahit et elle devient vulnérable. Si avant elle ne pleurait jamais, les larmes coulent à présent à flots. Sa fille passe en priorité : avant son sommeil, avant son bienêtre, avant son compagnon. Elle a parfois du mal à s'affirmer, notamment face à ses beaux-parents.

Lili ressent énormément de culpabilité : elle en veut à son corps de ne pas avoir su protéger son bébé. Pour camoufler sa peur et son chagrin, elle se réfugie beaucoup dans la colère, un processus qu'elle avait déjà expérimenté dans son enfance, lors du décès de sa mère alors qu'elle avait 13 ans. Elle fait souvent référence à cette épreuve comme la plus dure de sa vie.

23 ans plus tard, à 50 ans, Élise devient maman à la retraite, ses deux enfants, Charline et Thomas, ayant quitté le nid. Divorcée depuis dix ans et célibataire ne cherchant pas

l'amour, Élise vit seule dans un appartement à Bordeaux. Elle travaille dans un bureau avec sa collègue Nora. Après avoir passé sa vie à se sacrifier pour ses enfants, elle ne sait plus qui elle est. Petit à petit, elle apprend à s'ouvrir aux autres et de nouvelles rencontres lui permettent d'avancer et de se redécouvrir en tant que femme, pas seulement en tant que maman.

CHARLINE

Charline est la fille ainée d'Élise. Âgée de 23 ans, elle travaille à Londres, où elle vit avec son petit-ami Harry. Si Charline devient adulte, elle reste une petite-fille dans le regard de sa mère. Ce côté ressort lorsque Charline a besoin de confier ses chagrins : elle vient se consoler dans les bras de sa mère. À son tour, Charline va devenir maman. Si cet évènement n'est pas prévu, elle se sent mère dès l'instant où elle apprend sa grossesse.

Charline est également présente dans la narration de Lili. Née prématurément, elle souffre d'une maladie des membranes hyalines qui l'empêche de pouvoir respirer correctement. Elle est minuscule, mais prend déjà énormément de place dans la vie de sa maman.

THOMAS

Thomas est le fils cadet d'Élise. À 19 ans, il déménage à Paris pour ses études, laissant derrière lui sa maman seule dans son appartement et son chien, Edouard. Comme pour sa fille, Élise a du mal à voir son fils comme un adulte. Pourtant, il n'est plus un enfant : il chausse du 45, porte la barbe et vient d'avoir son permis. Thomas est un garçon hypersensible proche de sa maman. Comme elle, il se sent parfois seul dans son appartement et nostalgique des petits moments passés ensemble. Il est souvent submergé par ses émotions : il aime plus fort que les autres, s'inquiète plus fort, a mal plus fort, se contrarie plus fort. Quand il est content, il est très content ; quand il est triste, il est très triste. Pour cacher ce côté hypersensible, il fait preuve d'une certaine nonchalance et manie l'art de l'ironie.

LES PARENTS DE LA SALLE DES FAMILLES

Dans la salle des familles, Lili rencontre d'autres parents qui traversent la même épreuve qu'elle. Leur expérience commune agit comme un accélérateur et leur amitié se forge autour d'une douleur qu'ils partagent.

Le papa de Milo

Le papa de Milo s'appelle Frédéric et a déjà une fille de cinq ans, prénommée Maëlle. Milo est né trois mois trop tôt à la suite d'une éclampsie. Il manque de mourir dès la naissance, tout comme sa maman, Alice, qui est toujours en réanimation quand Frédéric rencontre les autres parents. L'histoire du papa de Milo, qu'il raconte aux autres mamans dans la salle des familles, est l'élément déclencheur de leur amitié. Plus de 20 ans plus tard, Frédéric fait toujours partie de la vie d'Élise, même si elle ne le voit pas souvent, tant il est accaparé par son entreprise. Il échappe de peu au divorce avec sa femme, mais arrive à régler les choses.

La maman des triplés

Leïla donne naissance à trois enfants prématurés : Inès, Lina et Sohan. Elle est une maman dynamique qui occupe son esprit dans la préparation de gâteaux pour en faire profiter les autres parents. Sa grossesse s'est mal déroulée : à partir de son troisième mois, elle a dû être alitée. Elle a été hospitalisée à cinq mois de grossesse. Elle a longuement attendu pour devenir maman : huit ans d'essais et des fausses couches. Malgré son histoire compliquée, elle garde le sourire et cache sa douleur derrière l'humour. Elle est une figure de soutien pour les autres parents : c'est toujours la première à dire une parole réconfortante ou à faire un geste affectueux. Au moment du récit d'Élise, elle et son mari Mohamed sont les heureux grands-parents de jumeaux et la famille est sur le point de s'agrandir. Malgré son emploi du temps surchargé, elle continue d'avoir une énergie débordante.

La maman de Clément

La maman de Clément, prénommée Sophie, est l'opposé de la maman des triplés. Renfermée et peu sociable, elle ne quitte jamais l'hôpital. À plusieurs reprises, Lili se sent effrayée par cette maman au regard noir qu'elle a toujours l'impression de déranger. Peu à peu, la maman de Clément apprend à s'ouvrir au contact des autres parents et à leur livrer son histoire douloureuse : enceinte de six mois, elle s'endort au volant et cause un accident qui débouche sur une césarienne et rend son fils handicapé à vie. Elle est rongée par la culpabilité, un sentiment aggravé par l'attitude du papa qui lui reproche l'accident. Il la quitte, incapable de lui pardonner et de supporter un enfant handicapé. Deux ans après la naissance de Clément, elle rencontre Alexis, avec qui elle a trois enfants. Elle profite aujourd'hui de la vie, en emmenant toujours avec elle son fils ainé, dans sa chaise roulante : même s'il ne voit pas et ne parle pas, elle sait qu'il est heureux.

LES SOIGNANTS DE LA NÉONAT

Plusieurs personnages récurrents représentent les soignants de l'hôpital, un métier auquel Virginie Grimaldi veut rendre hommage à travers son texte : elle les décrit comme des « personnes admirables qui décident un jour de consacrer leur vie à prendre soin des autres » (Grimaldi, 2020 : 376). Pour ce faire, elle leur attribue les mêmes prénoms que les soignants qui se sont occupés d'elle et de son fils pendant son séjour en néonatalogie.

Florence et Estelle

Florence et Estelle sont puéricultrices. Elles courent d'un box à l'autre sans jamais s'assoir, font des heures supplémentaires, traitent les bébés comme les leurs, font preuve de beaucoup de patience et de douceur et ont toujours le sourire aux lèvres, même quand leur boulot devient dur. Elles représentent un soutien essentiel dans cette épreuve et des oreilles attentives. Lili les décrit comme des magiciennes qui font entrer la lumière dans l'obscurité.

À travers les personnages du personnel soignant de l'hôpital, le roman tient également à démontrer les difficultés d'un tel métier. Il arrive que Florence craque face aux drames dont elle est inévitablement témoin. Lorsqu'Élise devient bénévole pour câliner les bébés hospitalisés, elle recroise le chemin de Florence. Celle-ci est à bout : en cause, le manque de personnel, de place et de moyens, la fatigue, etc. Elle a choisi ce métier par vocation, mais il la rend malheureuse. Par ce témoignage, le roman rend aussi compte des conditions difficiles dans lesquelles le personnel hospitalier doit souvent travailler.

Eva

Eva est la psychologue qui s'occupe de Lili et qui l'encourage à se livrer. Lorsque Lili ne va pas bien, elle garde tout pour elle. Pourtant, avec Eva, elle se confie. Petit à petit, Eva arrive à gagner la confiance de Lili et devient le réceptacle de ses émotions, sa confidente la plus intime.

LE (EX-)MARI

Lili l'a rencontré trois ans avant la naissance de Charline, au travail. Tous deux employés administratifs dans une agence de voyages, son côté sûr de lui, ses remarques, son sourire narquois, sa manie de siffler ont d'abord exaspéré Lili. Elle découvre rapidement d'autres facettes de lui : il est attentionné, prévenant, drôle et à l'écoute. La naissance difficile de leur fille les soude et il demande Lili en mariage. La situation compliquée révèle aussi leurs différences : si Lili extériorise son angoisse, il se montre plus optimiste et cache son inquiétude. Sa tendance à garder les choses pour lui est l'un de leurs principaux sujets de discorde : à force d'accumuler ses contrariétés et ses émotions, il explose et ressort tout en même temps. Par ailleurs, il déteste le conflit et tente à tout prix de l'éviter. Avec ses parents, cela l'amène à peu soutenir Lili, même s'il finit toujours par imposer son avis quand ils vont trop loin.

Douze ans après la naissance de Charline, il quitte Élise pour une autre femme. Depuis, ils ne sont en contact que si cela est nécessaire pour les enfants. Il a complètement refait sa vie avec Mathilde avec qui il a eu deux jumeaux. Face à cela, le sentiment de solitude d'Élise s'intensifie.

La différence flagrante entre la relation décrite par Lili et celle narrée par Élise permet de montrer que, si certains liens sont éternels, le temps affecte aussi les relations et les change.

LES BEAUX-PARENTS

Lorsque Lili est hospitalisée, ses beaux-parents s'installent chez elle pour s'occuper de la maison et du chat. Les beaux-parents deviennent vite un poids dans leur quotidien, leur faisant des reproches quand ils ne rentrent pas pour diner, leur dictant leur manière de vivre, s'appropriant la maison comme si c'était la leur, etc. La belle-mère de Lili est particulièrement agaçante : elle a un avis sur tout, croit toujours mieux savoir que les autres et tente d'imposer son point de vue.

Lili, forcée de devenir indépendante très jeune après le décès de sa mère, ne supporte pas leur façon de les traiter comme des enfants, mais a du mal à s'imposer face à eux. Cette attitude rend compte de l'impossibilité maternelle de la belle-mère de Lili de voir son enfant grandir : il sera toujours leur bébé, elle sera toujours sa mère. Cette même difficulté à accepter de voir ses enfants grandir est présente plus tard chez Élise.

NORA

Nora est la jeune collègue d'Élise. À 27 ans, elle respire la bonne humeur et le dynamisme. C'est une personne spontanée qui suit son cœur et ses envies, quitte à le regretter parfois. Elle profite de la vie et du moment présent en tentant de balayer au mieux les angoisses du futur. Elle fait preuve de beaucoup de bienveillance et participe à l'épanouissement d'Élise en la poussant à sortir de sa zone de confort en l'emmenant à la danse africaine, par exemple.

MARIAM

Mariam est la prof de danse africaine. Grande aux cheveux courts, ses habits colorés, ses bijoux dorés et son rire communicatif reflètent sa personnalité positive et son énergie débordante. Mariam vit seule, sans enfant, une situation qui lui vaut souvent la pitié des gens, qui pensent qu'elle est soit stérile, soit homosexuelle. Pourtant, c'est elle qui a choisi de ne pas avoir d'enfant et elle en est satisfaite. À 60 ans, Mariam montre à Élise que l'âge n'est qu'un chiffre. Mariam vit sans contraintes. Elle ne se force pas à faire les choses qui lui déplaisent et se plonge dans les activités qui la font vibrer, comme danser et câliner les bébés, mais aussi aider des femmes battues. Elle met tout en œuvre pour mener à bien ses projets, sans attendre. Cela ne signifie pas qu'elle ne connait pas de peurs et de doutes : elle en a, mais elle a décidé de les dépasser. Ce comportement, cette liberté d'esprit inspirent Élise et la poussent à se dépasser elle-même.

CLÉS DE LECTURE

DEUX HISTOIRES, UNE SEULE NARRATRICE

Et que ne durent que les moments doux combine l'histoire de Lili, jeune femme devenue maman trop tôt d'un bébé prématuré, et celle d'Élise, maman à la retraite qui vient de voir ses enfants quitter le nid. Les chapitres impairs sont narrés par Élise, les chapitres pairs par Lili. Ce n'est qu'au chapitre 79 que le roman identifie clairement Lili et Élise comme une seule et même personne. Si jusque-là le lecteur imaginait que les deux histoires se déroulaient à la même époque, la présence de Florence qui confie avoir connu Élise à une époque où elle s'appelait Lili contredit cette idée. La mention tardive du prénom de la fille de Lili (Charline) vient confirmer qu'Élise est la version plus âgée de Lili. Plusieurs indices parsemés tout au long du roman laissaient présager cette identification :

- **Les prénoms Lili et Elise**

Tout d'abord, les deux narratrices Lili et Elise ont des prénoms très proches. Si Lili est un prénom à part entière, il peut aussi s'agir d'un surnom. C'est le cas ici, puisque « Lili » est utilisé comme diminutif d'« Élise ». La similitude des prénoms rend donc possible l'identification des deux narratrices comme une seule et même personne. Cette possibilité aurait été exclue immédiatement si elles avaient eu des prénoms complètement différents.

- **L'absence de prénom**

Dans la narration de Lili, de nombreux prénoms sont omis, à commencer par celui du personnage central : la fille de Lili. Alors que toute sa narration tourne autour d'elle, Lili évite de mentionner le prénom de Charline. Pourtant, elle en a l'occasion à plusieurs reprises, par exemple, lorsqu'elle discute avec les parents de la salle des familles qui échangent le prénom de leurs enfants. Elle y mentionne leur avoir dit le prénom de sa fille, mais le cache au lecteur, alors qu'elle partage ceux des autres enfants. Cette omission est dès lors volontaire et laisse à penser que l'auteure cache quelque chose au lecteur.

Lili ne partage pas non plus les prénoms des parents de la salle des familles, mais se contente de les appeler « le papa de Milo », « la maman des triplés » et « la maman de Clément ». Bien que ces appellations soient justifiées par le fait que l'identité des parents passe derrière celle des enfants, la méconnaissance de leur prénom attire l'attention, alors que l'on connait ceux de personnages moins importants tels que la maman de Milo, Alice.

Contrairement à Lili, Élise mentionne les prénoms de ses amis, alors qu'ils n'apparaissent que très brièvement dans sa narration. Ainsi, on apprend qu'elle n'en compte que quelques-uns : Muriel, sa meilleure amie, Leïla, Sophie et Frédéric. Ce schéma amical (trois amies et un ami) est similaire à celui de Lili, qui se lie d'amitié avec un papa et deux mamans et choisit comme marraine sa meilleure amie, dont on ne connait pas le prénom. Un autre indice permet également d'identifier le groupe d'amis de Lili comme étant celui d'Élise. Les enfants de la maman des triplés se prénomment Ines, Lina et Sohan, trois prénoms d'origine arabe couramment utilisés en France. Tout au long de leur séjour à l'hôpital, la maman apporte de nombreux mets culinaires, le plus souvent du couscous ou des gâteaux. Lili mentionne que ses préférés sont les zlabias, des petits beignets inondés de miel et de fleur d'oranger. Ainsi, tout laisse à penser que la maman des triplés est d'origine arabe. Or, une des amies mentionnées par Élise se prénomme justement Leïla, un des prénoms d'origine arabe les plus donnés en France.

▪ Un comportement similaire

Tout au long de l'histoire, Lili et Élise confient au lecteur leurs états d'âme et leur vie en tant que maman et on peut remarquer de nombreuses similitudes entre leurs attitudes. Par exemple, à la fin du chapitre 25, Élise ferme la porte de la chambre de Thomas, pour que son absence arrête de la narguer. Au début du chapitre 26, Lili ferme la porte de la chambre de sa fille, dont l'absence est trop présente. Pour échapper à la solitude de sa nouvelle vie de maman retraitée, Élise se plonge dans la lecture d'un livre, confirmant ainsi les paroles de sa version jeune qui affirme que « les livres sont le meilleur moyen de s'envoler vers d'autres vies, quand la sienne est trop lourde » (Grimaldi, 2021 : 185). Un dernier exemple serait la douleur liée à l'enfance de chacune des narratrices. En effet, Lili mentionne à de nombreuses reprises l'évènement dramatique qui a bouleversé sa vie : le décès de sa mère alors qu'elle n'avait que 13 ans. Élise, plus vague, mentionne également des traumatismes liés à son enfance en expliquant que la maternité est venue réparer ce que l'enfance avait abimé.

Elle ne donne pas plus d'informations, laissant la liberté au lecteur d'imaginer qu'il s'agit du même drame que celui de Lili.

▪ Les césariennes d'Élise

Elise ne donne pas beaucoup d'informations sur les conditions de ses accouchements, mais un détail vient se glisser dans un des nombreux messages échangés avec ses enfants : « Vous ne méritez pas mes césariennes. Bises. Maman » (Grimaldi, 2020 : 342). Son accouchement par césarienne est un élément supplémentaire qui la rapproche de Lili.

▪ Élise à la néonatalogie

Lorsqu'Élise a la possibilité de devenir câlineuse auprès de bébés hospitalisés, elle hésite. Elle n'est pas sure de savoir s'y prendre, d'avoir la patience, d'être assez solide, mais surtout, elle mentionne avoir peur que cela ravive de vieilles blessures. Si elle ne parle après que de la nostalgie de ne plus pouvoir prendre ses enfants dans ses bras, les vieilles blessures remontent en réalité à plus loin, à l'époque où sa propre fille était un bébé prématuré à câliner. Une fois qu'elle commence à câliner les enfants, Élise se sent à sa place. Les bébés ravivent les souvenirs et « les automatismes ressurgissent, comme si c'était hier » (Grimaldi 2020 : 243). La petite Mia souffre d'une maladie des membranes hyalines à cause de sa naissance prématurée, c'est-à-dire, la même pathologie dont souffre Charline à sa naissance. Lorsqu'Élise tient le bébé dans ses bras, elle mentionne que Mia lui rappelle Charline quand elle était bébé.

Élise est câlineuse dans le service de néonatalogie et Lili passe ses journées dans le même service pour être auprès de sa fille. Pourtant, même si elles côtoient les mêmes lieux, les boxes des prématurés, la salle de famille, et le même personnel soignant – Florence en particulier –, les deux mamans ne se rencontrent jamais. Présentes toutes deux au même endroit, le lecteur peut s'attendre à ce que le chemin des deux protagonistes se croise, mais ce n'est pas le cas. Pour cause, elles ne sont pas au service de néonatalogie en même temps et elles sont une seule et même personne.

Cette unicité d'identité entre les deux narratrices fonctionne comme un élément de surprise à la fin du roman, malgré les indices qui l'annoncent. Cette unicité permet également de montrer que le temps change les personnes : au cours de notre vie, on est amenés à incarner plusieurs personnages qui sont façonnés par les évènements qui marquent notre histoire de vie.

UNE HISTOIRE UNIVERSELLE

Virginie Grimaldi décrit son roman comme « l'histoire universelle de ces moments qui font basculer la vie, de ces vagues d'émotions qui balaient tout sur leur passage, de ces rencontres indélébiles qui changent un destin » (Grimaldi, 2020 : quatrième de couverture). Le terme « histoire universelle » est adapté pour décrire *Et que ne durent que les moments doux*, car les thèmes qui y sont abordés font écho à la vie quotidienne de chacun. Ainsi, le roman touche à des thèmes qui parlent au lecteur et dans lesquels une grande majorité pourra se retrouver :

▪ La parentalité

Un des thèmes principaux abordés par le roman est celui de la parentalité. Si le roman présente un personnage maternel principal dont le rapport à la maternité fait écho à l'expérience de nombreuses mamans, en abordant notamment l'amour inconditionnel des enfants, la culpabilité, la peur qu'il leur arrive quelque chose et le dévouement maternel, Virginie Grimaldi évite de tomber dans le piège réducteur de présenter la maternité comme un concept unique et similaire pour toutes les femmes. Ainsi, dans *Et que ne durent que les moments doux*, c'est plutôt le thème des parentalités au pluriel qui est présenté. En effet, à travers le vécu de ses personnages, le roman démontre que non seulement il n'y a pas qu'un seul chemin qui mène à la parentalité, mais il n'y a pas non plus qu'une seule façon d'être parent. Si pour certains, devenir parent n'est qu'une formalité, d'autres vivent des moments plus compliqués :

> Ceux qui espèrent pendant des mois. Des années. Ceux qui ont arrêté d'espérer. Celles qui subissent des traitements. Les piqures. Les prises de sang. Les prélèvements. Ceux qui recueillent leur semence dans une pièce blanche. Ceux qui ont mal en croisant les ventres ronds. Ceux qui voient le regard de l'échographiste changer. Ceux qui reçoivent le ciel sur la tête. Son cœur a cessé de battre. Son cœur ne bat pas normalement. Votre cœur ne battra plus jamais comme avant. Ceux qui doivent prendre une décision. Ceux qui n'ont pas à la prendre. Ceux qui sortiront de la maternité les bras vides. Ceux qui ne verront jamais ses yeux s'ouvrir. Ceux qui donneront naissance au

silence. Ceux qui verront les sagefemmes s'affoler. Ceux dont le bébé sera emmené. Ceux qui entendront l'inaudible. Problème. Malformation. Handicap. Attendre. Ceux dont l'existence sera reliée à des machines. Ceux qui auront des photos de tuyaux. Ceux qui pousseront la porte de la réanimation (Grimaldi, 2020 : 165-166).

Ainsi, le roman rend compte d'une multitude de chemins vers et dans la parentalité. Certains parents élèvent leur bébé à deux (les beaux-parents de Lili), certains parents se séparent en cours de route (les parents de Charline et Thomas), certains élèvent seuls leur enfant (la maman des triplés), certains ne deviennent jamais parents, parfois par choix (Mariam), parfois pas (Muriel), certains changent d'avis (Lili), certains doivent être patients (la maman des triplés), certains deviennent parents par accident (Harry et Charline), certaines se sentent mères avant de l'être (Charline), certaines ne le deviendront qu'après la naissance (la maman de Clément), pour certains la naissance n'y changera rien (le papa de Clément), certains prennent leur temps (Jean-Louis), certains décident de ne plus l'être (la maman de Lili/Élise), certains beaux-pères remplissent le rôle de papa (Alexis), certaines sont mamans pour toujours, mais sans enfant (Madame Di Francesco), certains protègent leurs enfants coute que coute, d'autres sont violents (le papa de Jean-Louis), certains ont beaucoup d'amour à donner, d'autres pas assez (les grands-parents de Lili/Élise). Ils sont tous parents, mais tous différemment.

▪ Le temps

Un deuxième thème important du roman est celui du temps qui passe. Ce thème est particulièrement présent dans la narration d'Élise où la nostalgie et les souvenirs du passé prennent une place importante. Depuis qu'elle est mère, le temps ne s'écoule plus de la même manière. Alors qu'avant, elle entretenait des rapports amicaux avec le temps, elle lui a soudain reproché de filer. La séparation temporelle entre les deux narrations permet d'augmenter l'idée du temps qui passe. Ainsi, en quelques pages, la jeune maman de 27 ans devient cinquantenaire et voit ses enfants devenir adultes. Le temps s'écoule sans jamais s'arrêter. Lili un jour, Élise le lendemain : « C'était hier. Où est passé le temps ? » (Grimaldi, 2020 : 158).

Le thème du temps est également abordé depuis un autre point de vue : celui de sa relativité. Le temps s'écoule constamment, mais jamais à la même vitesse. Ainsi, le livre suggère à plusieurs reprises que le temps ralentit dans les moments difficiles, alors qu'il s'accélère dans les moments de bonheur. Les secondes durent des heures lorsque Lili craint les mauvaises nouvelles pour sa fille. Les weekends sont interminables pour Élise, seule dans son appartement, alors qu'ils étaient trop courts lorsqu'elles passaient du temps avec ses enfants. Elle a couru après le temps pendant des années. Maintenant qu'elle en a en abondance, elle ne sait quoi en faire. Cet écoulement relatif du temps est symbolisé par l'horloge de la salle de danse d'Élise : « Ses aiguilles sprintent pendant la pause et font du surplace pendant l'effort » (Grimaldi, 2020 : 51).

Enfin, le temps n'est pas équitable : « On peut mourir à tout âge, même quand on n'a pas encore vécu » (Grimaldi 2020 : 122). Le temps n'est pas accordé à tout le monde de la même manière. Dans le roman, des bébés meurent avant même d'être nés. D'autres vivent jusqu'à ce que la vieillesse les emporte. Certains enterrent leur mère alors qu'ils sont toujours à enfants, alors que d'autres ont la chance de fêter les 50 ans de mariage de leurs parents. Le temps file à toute vitesse, mais pour certains plus vite que d'autres.

▪ La solitude

En tant que roman qui aborde les sentiments, les émotions et le ressenti, *Et que ne durent que les moments doux* accorde une grande importance au thème de la solitude. La solitude peut prendre de nombreuses formes. Élise se retrouve seule chez elle lorsque ses enfants quittent le nid familial et doit apprendre à cohabiter avec la solitude, qui pèse sur son moral. À l'inverse, Lili est entourée de ses proches, ses voisins, ses collègues, ses beaux-parents et des autres parents qui traversent la même épreuve qu'elle. Pourtant, elle ne s'est jamais sentie aussi seule. Le rapport à la solitude est différent pour chaque personne. Mariam, par exemple, se sent seule de temps en temps, mais elle adore cela. Le roman montre ainsi qu'on peut souffrir de solitude en étant seule, mais une personne peut aimer être seule sans souffrir de solitude. De la même façon, la solitude peut frapper les personnes qui sont entourées.

- **Les rencontres**

Enfin, *Et que ne durent que les moments doux* aborde le thème des rencontres, ces rencontres indélébiles qui changent les vies. Que ce soit Lili ou Élise, toutes deux traversent un moment de vie compliqué, apaisé par des rencontres. Si le chagrin ne pèse pas moins quand on est plusieurs à le porter, s'il est impossible de prendre la douleur des autres, « chaque soutien, chaque présence est une béquille sur laquelle on peut prendre appui quand on vacille » (Grimaldi 2020 : 209). Ainsi, le roman suggère que les évènements douloureux ouvrent parfois la porte au bonheur. Élise reconnait que sans le départ de ses enfants, elle n'aurait sans doute jamais côtoyé Nora et Mariam, deux rencontres qui changent sa vie et la pousse à se dépasser et à se rencontrer elle-même au-delà de son rôle de maman. Lili, au milieu de l'angoisse, de la détresse et de la peur, fait des rencontres qui apaisent les maux. Si au début de son séjour à l'hôpital, elle se demande comment les parents qui quittent l'hôpital peuvent en être émus aux larmes, elle finit par être l'un d'entre eux lorsqu'elle quitte ses nouveaux amis et le personnel soignant, qui ont été sa lumière dans l'obscurité.

VIRGINIE GRIMALDI, LA REINE DE LA LITTÉRATURE FEEL GOOD

Les romans de Virginie Grimaldi sont souvent associés au genre appelé littérature feel good. Inspirée par les exemples étrangers tels que *Alchimiste* de Paulo Coelho ou *Le cercle littéraire des amateurs d'épluchures de patates* d'Annie Barrows et Mary Ann Shafer, la littérature française se tourne vers la littérature feel good dans les années 2000 avec, notamment, les romans d'Anna Gavalda. Depuis lors, le phénomène ne cesse d'attirer l'attention des libraires et des lecteurs. *Demain, j'arrête !* de Gilles Legardinier, *La liste de mes envies* de Grégoire Delacourt, *Ta deuxième vie commence quand tu comprends que tu n'en as qu'une* de Raphaëlle Giordano ou encore *L'extraordinaire voyage du fakir qui était resté coincé dans une armoire Ikea* de Romain Puértolas sont quelques exemples de ce genre qui propulsent ses auteurs sur le devant de la scène littéraire française. Mais en quoi consiste exactement cette littérature dite feel good et de quelle manière *Et que ne durent que les moments doux* entre dans cette catégorie ?

▪ Une littérature qui fait du bien

Comme son nom l'indique, la littérature feel good renvoie à des écrits qui font du bien. Il s'agit d'histoires qui permettent au lecteur de mettre son quotidien en pause et de se plonger dans une histoire légère qui le fait sourire. Cela ne signifie pas qu'elle ne peut pas également lui tirer quelques larmes. Au contraire, un roman feel good cherche à éveiller les émotions du lecteur pour libérer la tension de leur vie quotidienne. On est loin des histoires de superhéros ou des polars. Les romans feel good abordent plutôt la vie quotidienne de façon positive dans le but d'apporter un certain réconfort et une vision optimiste de la vie. Cela implique en général une fin heureuse.

- **Des thèmes sérieux**

L'issue positive et le caractère réconfortant de la littérature feel good n'empêche pas ses auteurs d'aborder des thèmes sérieux, tels que la famille, l'amitié, le deuil, le développement personnel, les obstacles de la vie, etc. En abordant des thèmes sérieux d'un point de vue léger et optimiste, les romans feel good permettent de prendre du recul sur des évènements douloureux inhérents à la vie.

- **Une dimension universelle**

La littérature feel good a une dimension universelle, en captant les sentiments, les émotions, les peurs et les espoirs présents dans la vie de chacun. Ainsi, la littérature feel good aborde des sujets qui parlent à tout le monde. En abordant des thèmes universels, ces romans peuvent avoir un aspect thérapeutique en aidant le lecteur à prendre de la distance face aux évènements de son quotidien et à les contempler depuis une autre perspective.

- **Un roman facile à lire**

Pour toucher un large public et plonger ses lecteurs dans une histoire prenante qui leur fait du bien, la littérature feel good présente souvent un style d'écriture fluide et facile à lire, rempli d'humour et de délicatesse.

- **Une couverture aux couleurs vives et un titre long**

Pour refléter le contenu positif et léger des histoires narrées dans les romans feel good, ceux-ci comptent en général sur une couverture colorée. On remarque aussi une tendance aux titres longs. Notons les exemples de *Quand nos souvenirs viendront danser doux* (Virginie Grimaldi), *Ta deuxième vie commence le jour où tu comprends que tu n'en as qu'une* (Raphaëlle Giordano), *L'odeur de l'herbe après la pluie* (Patrick Jacquemin) ou encore *Et j'ai dansé pieds nus dans ma tête* (Olivia Zeitline). Conçus pour attirer l'attention du lecteur et piquer sa curiosité, ces titres fonctionnent comme une sorte de première phrase de l'histoire.

Et que ne durent que les moments doux correspond donc sans aucun doute à ce genre littéraire qui connait un énorme succès auprès des lecteurs. En effet, comme cette analyse l'a démontré, derrière la couverture colorée et le long titre se cache une histoire légère qui aborde des thèmes qui font échos à la vie quotidienne de chacun. Pour autant, le livre n'évite pas les sujets douloureux, tels que la prématurité, le deuil et la solitude, qu'il aborde d'une manière positive et douce qui permet au lecteur de prendre du recul sur ses propres sentiments et émotions. Malgré les douleurs de la vie, l(es)'héroïne(s) du roman de Virginie Grimaldi tirent des leçons des évènements et avancent, se découvrent elles-mêmes, font des rencontres et apprennent à voir le positif dans les moments les plus compliqués.

PISTES DE RÉFLEXION

- Comment expliquer le titre du roman *Et que ne durent que les moments doux* ?

- Quel rôle le chien Edouard joue-t-il dans l'histoire ?

- Quelle évolution peut-on remarquer dans le personnage de Lili ?

- Quelle évolution peut-on remarquer dans le personnage d'Élise ?

- Quelles différences de personnalité peuvent être soulignées entre le personnage principal en tant que jeune maman (Lili) et en tant qu'adulte accomplie (Élise) ?

- Comment expliquer que certains prénoms de personnages récurrents de l'histoire, comme le papa et les grands-parents de Charline et Thomas ou la maman d'Élise, ne sont jamais cités ?

- Peut-on considérer *Et que ne durent que les moments doux* comme un roman autobiographique ?

- En quoi *Et que ne durent que les moments doux* se distingue-t-il des autres œuvres de Virginie Grimaldi ?

POUR ALLER PLUS LOIN

ÉDITION DE RÉFÉRENCE

- GRIMALDI V., *Et que ne durent que les moments doux*. Paris, Fayard, 2020.

ÉTUDES DE RÉFÉRENCE

- BAJOS S., « Virginie Grimaldi : "J'écris toujours avec mes tripes" » (2020), in *www.leparisien.fr*, consulté le 02/09/2021. URL : https://www.leparisien.fr/culture-loisirs/livres/virginie-grimaldi-j-ecris-toujours-avec-mes-tripes-16-06-2020-8336397.php.

- CHABO M., « Qu'est-ce qu'un roman feel good ? » (2020), in mathildechabot.fr, consulté le 02/09/2021. URL : https://mathildechabot.fr/quest-ce-quun-roman-feel-good/#:~:text=Un%20roman%20feel%20good%20est,identifier%20%C3%A0%20de%20tels%20moments.

- « Feel good books : le bonheur au bout du livre » (2016), in *www.hachette.fr*, consulté le 02/09/2021. URL : https://www.hachette.fr/actualites/feel-good-books-le-bonheur-au-bout-du-livre.

- « Roman feel good : une tendance littéraire réjouissante », in *www.librinova.com*, consulté le 02/09/2021. URL : https://www.librinova.com/blog/2019/03/26/roman-feel-good-une-tendance-litteraire-rejouissante/.

lePetitLittéraire.fr

- un résumé complet de l'intrigue ;
- une étude des personnages principaux ;
- une analyse des thématiques principales ;
- une dizaine de pistes de réflexion.

**Retrouvez
notre offre complète sur**
lePetitLittéraire.fr

ISBN version numérique : 9782808023511
ISBN version papier : 9782808023528
Dépôt légal : D/2021/12603/15

Conception numérique : Primento,
le partenaire numérique des éditeurs.